KB276237

이의웅의 세 번째 시집

나무는 언어로 말하지 않는다

신세림

이의웅의 세 번째 시집

나무는 언어로 말하지 않는다

시인의 말

널브러진 시간 속에
공원을 돌아봐도 내 모습은 보이질 않았다.
등줄기 위로 허연 억새 같은 하늘이 보이고,
눈자위 발갛게 물든 세월에
풀잎을 보다가 풀잎의 노래를 불렀다.
햇살이 없으면 순간도 살 수 없는 풀잎이
하늘을 보지 못하고 이슬의 영롱한 눈빛에 취해
다른 노래를 불렀다.
부끄러운 내 모습인 것만 같다.
지난번 시집에서는 '산사의 여인' 등 연작시를
싣느라 다른 여백이 없었다
그동안 읊었던 시, 돌이켜 성찰하는 마음으로
서둘러 세 번째의 시집으로 엮었다.
새 시집에서는 묵은 허물을 벗어야 하는데
아무래도 그러지 못한 것 같다.
갈망 속의 여유, 여유 속의 갈망처럼 목마르고

아쉽다.
고운 매질을 해 주시기 바랄 뿐이다.

2005년 봄

성안골에서
이 의 웅

Contents

차례Contents

3부 계절은 지금

4부 그리움의 날개

Contents

차례

5부 풀잎의 노래

1

강의 끝자락엔 뼈마디가 하얗게 드러나 있다.
축축한 여름날을 훌쩍 지나 온
깡마른 너의 아픔을 말하기엔
이미 하늘은 너무 퀭하게 뚫려 있었다.

겨울강

강의 끝자락엔 뼈마디가 하얗게 드러나 있다.
축축한 여름날을 훌쩍 지나온
깡마른 너의 아픔을 말하기엔
이미 하늘은 너무 휑하게 뚫려 있었다.
이끼들이 말라붙은 돌밭엔 온기가 남아 있지만
얼음이 하얗게 덮여 있는 넓적한 강에선
마른 갈증이 몸부림을 치고 있다.
삶이란 이렇게 절망인가 싶다가도
숨구멍에 모여든 철새들
불꽃 튀게 자맥질 하고 있는 모습에서
생명의 희열을 읽어 본다.
서녘의 붉은 노을빛은 너스레를 떨고 있지만
강물의 깊은 곳에서는 유유히 물이 흐르고 있다.

빈 집

산간에 버려진 빈 집
흙먼지 속 발자국은 어지러이 흩어지고
한 줌 인적조차 없다.
팽팽했던 거미줄도 늘어져
덩그렁 껍데기만 있는 알몸.
바람 앞에 견디는 세월의 무게를 본다.
사람은 집을 버려도
집은 사람을 버릴 수 없어
눈비 속에서도 처연히 서 있는 모습,
떠나간 사람 기다리는 그 님 같다.
눈이 펑펑 내려
천지가 하얀 고요 속에 잠기면
산짐승 먹이 찾아 기웃거리듯
빈 집 근처에 헤매는 목마른 영혼.
스쳐가는 한 줄기 따뜻한 호흡.
빈 집의 공허함이 이렇게 훈훈한데
선뜻 들어서지 못하는
떠돌이 별 하나 겨울 바람 앞에 섰네.

자반고등어

푸른 등줄기 위로
넓은 바다가 보이고
움푹 들어간 생애가 눈자위에 발갛게 맴돈다.
귀향하는 노숙자의 빈 손에 매달려
바다로 돌아갈 꿈을 꾸고 있는 네 모습.
죽어도 살고 살아 살 수 있는
영원한 네 소망 한 점.
그래 바다로 돌아가라.
등줄기에 잔잔한 여울로 일렁이고 있는 네 고향.

커피 한 잔 마시면서

불면을 가져온 너와의 결별도 잠깐,
햇살에 가슴 녹녹해지는 아침,
커피 한 잔으로 하루를 연다.
정수리의 바람 잔잔한 날 없는 난
잔 속에서 일렁이는 폭풍우를 본다.
한 스푼 크림이 휘젓는
바다 속의 요동,
꿈틀거리는 크림 속 온갖 찌든 모습
물빛으로 가라앉지만
물 속에서 튀어나온 또 다른 찢긴 물살이
나의 뱃전을 두드린다.
살아온 날보다 접어야 할 날이 가까운
노을진 하늘에도 끊임없이 밀려오는
바람소리 파도소리.
긴 봄날의 커피 한 잔 속에서도
뻐꾸기 열두 번을 운다.

늪, 그 수척한 얼굴

새들이 바람에 섞여 흐르는 늪엔
모호한 푸른 빛의 신비가 스며 있다.
갈대의 긴 뿌리가
심장으로 박혀 내려와도 엷은 미소 띠우고
습지의 온갖 꽃을 피워내면서도
좀처럼 아픔을 드러내지 않았다.
그러던 그가
어제 하오엔 수척한 얼굴 물 위에 떠올리며
홀로 흐늘거리고 있었다.
창백하게 바랜 얼굴,
가랑거리는 빗방울에 눈물 감추는 모습.
뉴스에서는
늪에서 일어난 자살 애기가 흘러나왔다.
아직 늪 위엔 아무 것도 떠오르지 않았다.

강물이 되고 싶어

벌써 많은 시간이 지났다.
잔속의 너울은 가라앉았지만
끊임없이 요동치는 몸부림.
혼자 히죽이 웃어본다.
닫쳐진 가슴 때문인지 숨소리가 거칠다.

눈물을 흘리지 않고는
결코 만날 수 없는 그를
바위같이 냉냉한 가슴으로 기다리고 있다.
강물이 되어서는 안 될 사람이
강물이 되고 싶어 이렇게 기다리고 있다.
강물은 가까이서 늘 흐르고 있는 데도…….

어느 묘비명

상념에 짓눌려
화강석 돌빛이 검푸르게 보인다.
"1935년생, 1989년 소천하다" 라는 글씨가
살쾡이처럼 살아온 내 가슴을 쿵 찍는다.
54년의 짧고도 긴 생애
화려하고 눈부신 꽃이었을 수도
소금처럼 아픈 상처이었을 수도
행간마다 비어 있는 넓은 여백은
잃어버린 꿈을 말해준다.
가을하늘은 더없이 푸르고,
쑥부쟁이 눈망울이 유난히 붉다.
가을 잠자리가 투명한 날개를 파닥거리며
영혼처럼 묘비를 맴돈다.

귀향

　이제 막 치매병동에서 영안실로 내려 왔다.
　깡마른 내 주검은 어머니 뱃속에서처럼 꼬부라져 있
다.
　사람들은 나 같은 환자를 '통닭'이라고 일컬었다.
　남편과 외아들이 떠난 후 일흔에 중풍을 맞아
　모진 목숨 병실 침대서만 이렇게 10년을 살았다.
　어제까지 날 안아 주던 그 사나이는 그림자도 없다.
　그렇지, 있을 이유도 없지.
　사회봉사를 해야 한다고
　억지로 날 철제 침대에 안아 눕히고
　온수로 한 번 획! 비눗물로 한 번 획! 목욕 시켜주던
사내.
　그 앞에 쪼그라든 내 음부도 부끄러움 잊은 지 오래
였지.
　떠나온 세상 이젠 영원한 나 혼자이건만
　"연고자 없음 처리 허가"란 회신이 올 때까지
　냉동실에서 이렇게 꼬부라져 있어야 한다니
　언제 내 고향 흙으로 돌아갈까.
　한 사나이가 지문을 채취한다고 내 몸뚱아리를 뒤적
이다가

중얼거린다 ‘완전 통닭이구먼’
‘통닭’
누구나 돌아갈 순수무구한 어머니 자궁 속의 모습인
데…….

별이 내 안에 있다면

사람들은
밤하늘의 별을 보고 아름답다고 말한다.
사람들은 우주가 너무 넓다고 말한다.
사람들은 별마다 이름도 붙였다.

사람들은 삶에 매달려 아우성이다.
사람들은 죽음이 슬프다고 아우성이다.
별이 무엇인지,
삶이 무엇인지,
모두가
사람들이 붙여 놓은 언어 속의 언어들일 게다.

그대 속의 나
내 속의 그대처럼
별이 내 안에 있고 내가 별 안에 있다면
우리의 삶
그리 아름답지도 슬프지도 않을 것이다.
저기 별세계처럼 아득 할 게다.
별세계에서 보는 것처럼 모두가 하나일 게다.

들판의 마른 꽃

어느 누구 눈길 하나 주지 않아도
고고히 바람 앞에 선 널 보면
굴레로부터의 자유로움을 느낀다.
까마귀 얼어 죽을 추운 아침나절에도
하얀 성에에 묻혀 반짝이는 네 모습
죽음의 강을 훌쩍 넘은 종교처럼 도도하다.
살아온 날보다 살아 갈 날에 매달린
가난한 영혼들,
수많은 비명소리를 듣고서야
너의 존재를 익히기 시작할까.
모든 것을 비워낸 깍지 속에 흐르는 생명,
비워낸 만큼 맑아지는 하늘,
잠잠히 흐르는 싸늘한 평화,
네 묵언 속에 찌르르 가슴이 패어진다.

수렁에 빠진 눈빛

추적추적 내리는 빗속에
여린 나뭇잎이 가지에 매달려 흔들린다.
퀭하게 뚫린 어둠 깔린 정신병동에서
젊은 여자 환자가 꽥꽥 소리를 지르고 있다.
헐렁한 환복 위엔 가늠할 수 없는
긴 생애가 얼룩져 있다.
아무도 알아들을 수 없는, 부질없는 얘기.
소리 지르다가 앉았다가 또 소리를 지른다.
그럴 때마다
한 웅큼의 눈빛이 수렁 위에 쏟아져 내리고
퀭한 눈망울만 썰렁하게 남아 있다.
철창에 걸쳐진 비바람 속 나무 잎새가
뱅글뱅글 팔랑개비로 돌고 있다.
온 몸 풀거미에 갉아 먹힌 잎새 하나가.

토란

한 방울의 눈물도
허락할 수 없어, 내 얼굴엔.
떨어진 물 또르르 은빛으로
뱉어버린 오기 뒤엔
모래밭에 혀 박고 살아온
갈증의 세월 하나.
밭고랑 후미진 곳에 던져져
천둥번개 검은 하늘 아래
그 흔한 꽃이름 하나 없이
모질게 살아 온
네 속살의 아픔.
흔들리는 바람에 허리 꺾여도
가을빛 쏙 빼닮은
토실한 아이 하나 얻기 위해
눈물도 거부한 푸른 넋,
싸늘한 소름 한 무더기.

허수아비

내 혼은 어디 두고
여기 내 빈 껍데기로 흔들리고 있을까.
비바람의 도전에는 익숙해진 몸이지만
눈부신 자동차의 불빛과 퀴퀴한 매연 속에
덧없이 흘러온 삶의 회한이 깊구나.
언제나 찾아야 할 내 혼
내일이면 꼭 찾아 나서리라 맹서하지만
햇살만 돋으면 이슬처럼 사라지는 연약함.
우뚝 솟은 바위처럼 든든한
혼불이 담긴 내 모습 언제 찾을까.
아무도 없는 황량한 들판,
겨울이 짙어갈수록 밤바람은 억세지는데
내 혼은, 내 혼은…….

파도를 보면서

함성으로 끊임없이 밀려오는 파도.
함성은 언어가 되고
언어는 가느다란 속삭임으로,
모래섬으로 다가간다.
모래섬은
수없는 언어들을 가슴에 안았다가
조용한 침묵으로 내려놓는다.

모래섬에 오르며
깨어지고 부서지는, 하얀 포말 같은 삶.
부질없이 지른 함성이 부끄럽다.

여인

지하철에서
취한 채 잠들어 있는 여인.
덕지덕지 붙어 있는 떼자국.
윗도리는 두툼한데 슬리퍼를 신은 모습
범상치는 않다.
누가 여인을 이렇게 길가로 몰아냈을까.
별이 되려다가 추락한 것일까.
아직도 부푼 가슴과 검은 머릿단으로 보아
실낙원을 찾아 완행열차에서 내린
분내 물씬한 시골의 아낙이었을까.
환속에 실패하여 쪼르륵 빈 창자를 베개 삼아
서울역 광장에서 잠들었다가,
무쇠 같은 놈의 아귀에 젖꼭지 물리고
담뱃불로 지져 쫓긴 매맞은 사랑일까.
터득거리는 발걸음 전생 푸른 봇짐에는
민들레 홀씨 붉은 언덕배기 흙길이 보인다.
멀끔하게 목욕시켜 술 한 잔 권하면
걸쭉한 전생의 보따리를 풀어놓을까.
철거덕 지하철이 멈추었다.
부시시 잠에서 깨어나 소복하게 쌓인 꿈을

한 웅큼 담아 질척거리며 내리는 모습.
그 뒤엔 수많은 도시의 회충 알들이
툭툭 떨어지고 있었다.

붕어빵

아파트 단지 앞에
붕어빵 굽는 리어카가 하나 생겼다.
추억이 노랗게 구어질 때마다
통통한 붕어 한 마리씩이 걸려 나온다.
석유 냄새 물씬한 신문 봉투 대신 비닐봉지에 담긴
붕어의 촉감은 여전히 따뜻한 온기로 팔딱거렸지만
한참 뒤 집에서 풀어놓으면
식어 바람 빠진 붕어의 몰골이 처참하다.

삶은 언제나 온기로 따뜻할 때 제 모습인 것을.

이혼

무안에서 막 비행기를 타고 온 산낙지를 먹는다.
강한 흡착구가 내 입안 가득 달라붙는다.
자근자근 씹으면서 정복해 나갈 때
혀끝으로 미끈한 갯벌의 미각이 스며들었다.
하지만 점점 진득한 갯벌 구멍으로 빠져드는 혼돈.
한 입 씹을 때마다
진저리치는 절망 같은 생명의 파괴를 느꼈다.
처절한 삶의 몸부림이 입속에서 아우성치면
갯벌에 숨었던 파란 바다는 오간 데 없고
안개 속 끼룩거리는 애잔한 갈매기의 울음만 있었다.
컴컴한 갯벌의 구멍 속에 꿈틀거리던
동남아 해일에 휩쓸려간 삶의 아우성이
지하도의 너절한 군상들이 긴 낙지의 다리에 끌려 나
왔다.
그 날 갯벌의 미각을 찾아 헤매다가 기진맥진하고만
나는
다시는 그와 살지 않기로 했다.

조류독감

신열이 오르는 병은 사람에게만 있는 줄 알았는데
왜 내게 이런 형벌을 주시나이까.
겨우 짧은 목숨으로 살다가 어차피 육계로 팔려 나갈
목숨이지만
아직 눈 뜨지 못한 아이들은 무슨 죄가 또 있길래
이렇게 무덤 속에 함께 쳐 넣는 것입니까.
한 줌 흙으로 돌아간다는 말은 내겐 생소한 말인데
무덤 속은 어떤 곳입니까?
아픔도 없는 영원히 자유로운 곳입니까?
부지런히 살 찌워야 하고 벌겋게 아프도록 알 낳아야
할
구차한 목숨이지만 흙이 싫어 머리 쳐들고 도망가는
날 잡아
기어이 묻어야 합니까?

가축시장 한 모퉁이 바람이 휑한 골목에서
한 농부가 한숨 섞인 긴 기도를 하고 있다.
저들은 저들이 죽는 이유를 알지 못하나이다.
날 흙 속에 묻히게 하소서.

풀씨의 향기

여든 되어 가는 할아버지 환자를
두 살 많은 할머니가 시중을 든다.
눈 껍질이 처져 앞도 잘 보이지 않는 할머니,
누가 보면 할머니가 더 환자 같은데
할아버지는 할머니 손에 이끌리어 다닌다.
주름진 할아버지 얼굴도 훔쳐 주고 토닥거리는
할머니는 할아버지의 자애로운 어머니 같다.

기울어져 가는 축대 아래
산들바람에도 흔들리는 작은 풀씨의 향기,
화려한 봄꽃보다 향기롭다.

공원을 걷다가

2

살아온 날들 살아 갈 날들
들리는 것은 삶의 아우성뿐인 것을.
수렁 같은 물 속 자맥질하며
수없이 날 찾아 까무러쳐 보지만
깨어날수록 낯선 풍경들.

공원을 걷다가

바람이 가라앉은 공원 뒷길
쌓이는 햇살 따라
번거러워져 가는 마음.
돌아도 돌아도 내 모습은 보이질 않는다.
높은 미루나무 꼭대기
흔들리는 한 마리
산새 되어 긴 날을 세어 본다.
살아온 날들 살아 갈 날들
들리는 것은 삶의 아우성뿐인 것을.
수렁 같은 물 속 자맥질하며
수없이 날 찾아 까무러쳐 보지만
깨어날수록 낯선 풍경들.
어깨 위 까투리 쫓는 장끼의 목쉰 울음
정오의 정적을 깨운다.

물든 감나무

감나무 잎이 붉다.
실핏줄 줄기마다 스며 있는 검붉은 어혈.
무엇을 위한 불태움이었는지,
기억의 저편에는
노란 감꽃 목걸이를 걸고 아장거리던 꿈과
여름 내내
벽을 타고온 빗물이 그린 얼룩 자국만 보인다.
검붉은 색과 푸른 색의 조화
선과 선이 이어지는 세밀한 그림에는
한 치 어긋남이 없는 그의 눈빛이 서려 있는데,
바람은 나무만 흔든다.
삭정이 끝가지에 남아 있는 까치밥은
왜 그리 붉은지.
감나무 잎의 진홍빛 핏자국은 왜 그리 붉은지.

신록

너의 연둣빛 가슴이고 싶다.
너무 싱그러워.

연둣빛 바람 앞에 서면
폐선 같은 세월에도 갯내가 난다.
욕망의 늪에 빠진 긴 뿌리.
출렁이다가
멈칫거리다가
자국마다 입은 생체기 같은 퍼런 가슴.
연둣빛 바람에 씻겨지는
푸른 영혼이고 싶다.

무던히 쏟아지는 햇살 아래
하늘거리는 나무 끝가지 위
모든 욕심 버리고난 가벼운 몸짓으로
향기 머금고 살아가는
내 사랑이고 싶다.
싱그러운 너의 잎새같이……

숲으로 몸을 감추다

바다에 가면 바다가 되고
산에 가면 산이 되고 싶다가
물푸레나무 아래 초췌한 한 마리 뜸부기가 되어
봄빛에 젖는다.
진물나는 명자나무 핏발선 꽃망울에 눈길 두고
슬픈 동화 같은 나래에 매달린 모습
부끄러운 세월은 묻어두고
핏빛 물든 가슴 훔치며 미명 속에 꿈꾸다가
경적소리에 화닥닥 숲으로 몸을 감춘다.
미련하구나.
네발짐승이 날고 싶었던 시조새의 욕망 한 덩어리.

나무옹이 속에는

늙은 상수리나무 한 그루
자기 얼굴보다 큰 옹이 가슴에 묻고 산다.
퀭하게 뚫린 옹이 속엔 못다한 언어들이 소복하다.
공원 쓰레기통도 뚫린 큰 입으로 누굴 기다리고 있고,
정신병동 환자들의 퀭한 눈망울엔 삶의 한이 가득하다.
노을은 어두운 서녁 하늘 뻥 뚫어 놓고
불타게 하고 싶은 얘기 숨기고 있다.
살아가면서 이루지 못한 것들
더러는 어둠 속 침묵으로
더러는 기다리는 마음으로
더러는 붉은 울음으로 비어있다.
여기 이루지 못한 뻥 뚫린 가슴 또 하나 있다.

비에 젖은 풍경

올림픽 공원 몽촌토성
길이 되어 아픈 산책길에
진종일 추적추적 비가 내린다.
누군가가 빗속에 퍼질러 앉아 흐느적거리고 있다.
희망인 듯 절망인 듯 부르짖는 소리,
자세히 살펴보니
질경이 하나 상처 난 몸으로 파르르 떨고 있다.
들린다,
내세를 꿈꾸는 기도소리.

속죄

하릴없이 서성이다가
젖은 풀벌레 소리 따라 풀섶에 가 본다.
개망초 명아주 개비름들이 옹기종기 모여 놀다가
소스라치게 놀란다.
까칠한 살갗이 그들의 긴장을 말하지만
상처 입은 개망초는 고개만 숙인다.
무심코 키 큰 명아주 대궁을 꺾어본다.
아프다, 아프다, 부르짖는 자줏빛 울음.
시퍼런 풀물이 내 손끝에 피멍으로 엉킨다.
아파본 사람만이 상처의 설움을 알건만
애꿎은 풀잎은 왜 꺾을까.

쿵, 작두콩 하나가 날아와 심장에 박힌다.
미안하다, 그대 풀잎아.

능소화

한 무더기 불을 지폈다.
죽은 나무 둥지 업고도 태연하게
삶의 희열 쫓는 너에게
붉다 못해 시퍼런 한기를 느낀다.
허공 치솟는 줄기마다 알알이 맺힌 열망
오뉴월 햇살에도 거침없이 타오르는 것은
불은 불길로 잡으려는 네 수작일까.
어느 하늘 아래 있을 그리운 님에게
네 붉은 마음 한 점 전하고 싶어도
어쩌면 반은 유혹 같고 반은 사랑 같은
믿어지지 않는 네 혼으로
그냥 바라보기만 하겠네.

갈대밭 풍경

흙탕물이 휩쓸고 갈 갈대밭 사이
해오라기 한 마리 긴 목으로 서 있다.
더럽혀진 깃털은 부스스하고,
공해로 찌든 먹이조차 가난해 보인다.
먼 산 허허하게 쳐다보는 애잔한 눈빛이
내 가슴에 날아와 꽂힌다.
머지않아 이 곳을 떠나야 할 것들,
나 또한 떠나야 할 길이지만
돌아갈 고향길.
실개천 따라 가는 해맑은 물빛이 그립다.
흙탕물이 스쳐간 상한 갈대밭엔
휘날리는 은빛 날개 듬성듬성
찌르르 우는 가을빛이 아름다운 것은
그대 사랑 때문일까.

낙엽처럼

어둠 속
짐승처럼 웅크리고 있는 낙엽 한 무더기,
살아도 산 것 같지 않는 생애를 짊어지고
그렇게 가고 있다.
옷깃에 남은 마지막 온기로
버티며 막아서도 붉게 물드는 가슴,
시든 넋들이 흩날리는, 이런 날엔
소금처럼 아픈 기억들이 살아난다.
잠 못이룬 까칠한 눈꺼풀 비비듯
오르는 비탈길엔
발길마다 그리운 흔적들,
톡톡 가슴 헤집고
낮달처럼 핼쑥한 그대 모습 떠올라
설움 같은 가을빛에 발갛게 물들고 만다.
계절은 사람을 낙엽처럼 웅크리게 한다.

그런대로 아름다운 것은

갈바람이 스쳐 갈 때마다
자작나무 숲들이 우~우~ 함성을 지른다.
명아주 발간 줄기엔 선혈이 돌아 나오고
까마중은 아직도 별빛 같은 하얀 꽃을 매달고
자줏빛 젖꼭지를 오롯이 내민다.
내일이면 속살 갉아 먹힐 수사마귀 한 마리
듬직한 암컷의 등에 업혀 눈망울을 굴리고 있다.
부스스한 가을 풀섶도
그런대로 아름다운 것은
이렇듯 고귀한 생명의 숨결 때문이겠지.
풀섶의 그들처럼
영원 속에 취하면 나도 그런대로 아름다울까.
이 빛 고운 가을날에.

영산홍

겨우내 잠시
언 가슴으로 지내다가
봄햇살에 눈뜨면
봉긋이 솟아나는 분홍빛 가슴
알알이 맺힌 붉은 정으로
설움 안고 떠난
산 사나이 우람찬 품속이 그립다.
봄바람 따라
붉어라 붉어라 보채는
네 욕망의 각질 벗기면
산그늘 아래 볼그레한 맨살
아랫도리
흥건히 고이겠지, 고운 꽃 물.

더 푸르고 싶은 유충들

수척한 얼굴
하오의 늪에서 새들은 길을 떠나고
꽃물은 썰물처럼 빠져 나갔다.
광활한 푸른 세상에서
수초들은 아직도 더 푸르고 싶어
팍팍 햇살을 튀기고 있다.
나래 같은 환락의 유희를 꿈꾸는 유충들,
더 푸르고 싶은 욕망 아래
끊임없이 자맥질하는 모습
알고는 있을까.
물너울 따라 변하는 햇살의 조화를,
오색 무지개 빛으로 부서져
아롱진 꿈으로 살아나는 그 세계를.

밤꽃이 한창이네

나지막한 산허리
밤마다 허전한 빈 마음이더니
온 산 허옇게
널펀하게도 펼쳤다.
뒷물한 산자락이 막 숲속으로 숨는데
바람 타고 온 발정한 나무들이
함성을 지른다.
발 아래 꿈틀거리는 꽃술은
징그럽게 벌레를 산란하고,
동리 밖엔 여인네 도화살 쫓는
굿마당이 울긋불긋 고비로 물들었다.
남정네 부푼 샅으로 기어드는
무당의 시퍼런 칼자루도
퀴퀴한 살냄새에 칼날을 접고.

진달래의 살풀이

활짝 핀 진달래
분홍 치맛자락 온몸 휘감고
어지럽게
한 바탕 살풀이를 하고 있다.
붉은 깃 푸른 깃,
서럽게 울리는 징소리,
가지 마라, 가지 마라.
휘몰이장단으로 봄을 껴안지만
아지랑이 타고 온 산새처럼
호롱호롱
산등성이 넘어가버린 세월.
살풀이 같은 봄의 잔치.
저 북소리
훠이 훠이 가는 봄이 서럽구나.

자귀나무꽃

층층이 늘어선 나뭇가지 위에
하늘 우러러 부르짖는 영혼이 있다.
오뉴월 염천 아래
분홍빛 깃털 같은 여린 가슴으로
끊임없이 이어가는 구원의 기도 소리,
울부짖는 광기는 없어도
치열함이 엿보이는 바스러진 가슴.
자귀나무 아래
침묵으로 버티는 우둔한 삶이
그대 솜털 같은 여린 모습으로 우러러
하늘을 바라본다.
파란빛 넓고 환한 그 나라.

목련꽃 바라보며

시리도록 푸른 순결
하얀 가슴으로 부풀어 올랐다.
누가 저렇게 멍울지게 했을까.
속기 넘친 몸으론
차마 다가서기 민망하여
손 씻고 가려해도
어느 봄날
눈물 뚝뚝 꽃잎 쏟아 버리고
샐쭉하게 돌아선 네 모습 떠올라
차라리 나
여기 멀찌감치 홀로 서서
눈부신 모습 우러러 바라보며
가슴의 티끌이나 씻어야겠네.
영혼의 티끌.

계 절은
지금

3

맨 가지 진물 흘리며 살갗 찢는
박태기나무 꽃소리를 들으면
계절은 살과 살이 뒤엉키고,
영혼과 영혼이 마주쳐
신음조차 목구멍에 달라붙어 있다.

이 가을에는

길모퉁이
낙엽 한 장 서걱거리면
기쁨도 슬픔도 떨쳐버리고
나 홀로 젖내 나는 울음으로
다시 한번 깨어나고 싶다.
지어온 억지웃음,
나 아닌 다른 표정으로 지내온
비탈진 공동의 가슴,
이 가을에는
한 점 실오라기 걸치지 않는
고치 속 애벌레가 되어
끈적거리는 촉수의 울음으로
다시 한 번 깨어나고 싶다.
파란 하늘 아래 흰 구름 한 점
가을빛 해맑은 가슴으로
이 가을에는
다시 한 번 깨어나고 싶다.
어지러운 기억들을 씻기 위해.

계절은 지금

계절은 봄의 젖꼭지를 물고 있다.
통통 부어 있는 목련의 젖무덤
발갛게 상기된 얼굴 속에
개나리 노란 꽃물을 튀기고 있다.
허벅지게 핀 진달래는 한 바탕 춤판 벌이고,
구름처럼 솟아오른 벚꽃 무더기
여기 저기 장막을 치고 있다.
맨 가지 진물 흘리며 살갖 찢는
박태기나무 꽃소리를 들으면
계절은 살과 살이 뒤엉키고,
영혼과 영혼이 마주쳐
신음조차 목구멍에 달라붙어 있다.
모든 것이 블랙홀로 빨려 들어가
머릿속이 현기증으로 비어 가는 순간
헉, 지금 봄은 오르가즘이다.

단풍나무 아래서

나무는
언어로 말하지 않고 빛으로 말한다.
검푸른 빛에서 어제의 나를 봤고,
선혈 같은 단풍 빛에서 오늘을 본다.
나무 아래서
해산을 기다리는 남편이 되어
두근거리는 가슴으로 서성이다가
기어이 울음소리를 듣고 말았다.
붉은 핏빛이 무서워
토악질하면서도 진종일 술을 마셨다.

첫눈

1
눈이야 때가 되면 오겠지만
제발 오지 말아라.
계곡 나뭇가지에 은빛 눈 알갱이 송이 송이 매달리면
비릿한 젖냄새 같은 그리움에 젖어
밤마다 뒤척이다가 종내 조팝나무 꽃잎 아래 팽개쳐
질 꿈.

천지간에 적막강산 눈꽃이 하얗게 피면 뼛속 마디마디
아스라이 스며들 고독, 고독, 고독,
난 또 심한 배냇병을 앓아야 하니까.

2
시들하구나,
땅 끝에 내려와 본 세상.
외로워 외로워 몸 비비며 내려 왔는데

까칠한 조팝나무 가지
꽃망울은 아직 저만치 멀어.

무미한 순결보다
까맣게 번지는 땅빛처럼
뜨겁게 녹아내리고 싶었는데,

들뜬 가슴으로
분분히 휘날리기만 하는
이 생애, 생애.

진달래 핀 계곡에서

지친 웃음이 그렇듯이
빛 바랜 입술처럼
분홍빛 꽃 활짝 피었네.
사랑이 그리운 사람 많아도
베풀 수 없는 가난한 마음이 미워
치맛자락 너풀거리며
한 바탕 살풀이춤 펼쳤다.
온 산이 꽃으로 덮인 바다,
바다 속의 꽃,
꽃 속의 바다.
아직도 못다 핀 꽃망울 찾는다.
언덕 위 등 굽은 둥지에 매인
한 떨기 외로운 꽃가지
그 모습이네,
아직도 봄날을 기다리는.

가을 예감

확 당겨져 오는 눈의 불
현란한 색의 잔치일까.
계절을 기다리는 착각일 뿐
태풍 ‘루사’의 할퀸 자국 온 땅을
누렇게 흔들고 있다.
배부르지 않는 인간의 소비가
하늘에 붉은 구름을 만들었고
이러한 구름들이 벌이는 못난 정사에
가슴과 자궁을 내어준
가을빛은 불감증으로 흔들리고 있다.
풍요로운 꿈이 누런 황토색으로
바꿔져 버린 산하.
정녕 가을은 오는 것일까.

비루먹은 봄

비루먹은 봄은 그렇게 오는 모양이다.
추위에 떨다가
눈발에 파묻히다가 그렇게.

어느 해인가.
조팝나무 꽃잎이 눈 속에 파묻히고 난 후
실어증 걸린 모습으로 떠난 봄은 더 이상
내게 말을 걸어오지 않았지만
봄은 진눈깨비 눈길에 파묻혀 혼자 질척거리고 있다.

바람에 밀리고 눈발에 갇힌 봄,
날이 밝으면 할딱거리는 여윈 숨결로
단청 고운 정자 아래로 나와
이미 화석이 된 그리움 한 점 만지작거리겠지만
더 이상 내 가슴을 따뜻하게 해 줄지 모르겠네.

봄은 언제나
저 혼자 피다가 지다가 그렇게 오가긴 했지만…….

가을의 독백

용문산 아래 벨라지오 호텔 가는 흙길은
다니는 차들로 단단히 다져져 있어
풀씨의 앉을 자리도 없었다.
풀섶에서는 업어 준 수컷의 속살을 갉아먹는
사마귀의 부릅뜬 눈망울이 번쩍인다.
순한 짐승은 살아남을 수 없는 황량한 들녘,
몸을 갉아먹지 않고는 버틸 수 없는 곳에서
마른 바람이 분다.
어느 누군가가 외친다,
허드레 춤으로는 살 수 없는 것이라고.
살기 위해서는 프로가 되어야 한다라고.
바람이 모진 매질을 하고 있다.
질퍽한 바닥에선 떨어진 낙과가 눈물을 흘리고 있다.
미친 듯 토악질하면서 몸을 갉아먹어야 하는 세상,
삶에 지친 질긴 목숨들이여,
한 뼘 짧은 이 밤
핏빛 가슴으로 채워야 하리.

보리밭

귀보리 서말에 시집가야 했던,
전설 같은 아픔으로
훌쩍 큰 보리를 보면 서럽기만 하다.
털어도 나오지 않는 낱알처럼
씻어도 씻기지 않는 가난으로
귀보리 서말에 시집갈 운명일 때
보리밭 뜸부기가 한없이 부러웠고
보리밭 뜸부기가 그토록 미웠었다.
언덕배기 돌아가는 보리밭 모퉁이엔
아직도 무서운 문둥이 그림자 보이고
푸른 물결 깔고 맨살로 누워 있는
부정한 나신도 보이지만
하, 세월이 지난 이 봄날에
하염없이 설움 같은 뜸부기가 운다.

가을 나그네

하늘빛이 멀어지고
잎새들 한 잎 두 잎 노랗게 물들면
밤 기차를 타고 어디든 떠나고 싶다.
등불이 졸고 있는
간이역에 내려서
떠나버린 열차의 가물가물한 불빛에
이별의 눈물도 찍어 보고
냉기 서린 텅 빈 역사.
목이 컬컬한 사나이 앞을 지나
어둠 속 처연히 서 있는 시골 아낙의
살 냄새도 훔쳐보고 싶다.
허름한 주막집 찾아
동동주 한 잔에 새벽을 열며
절애고도에 던져진 찌릿한 고독을
곱씹다가
햇살 오르기 전 어디론가 떠나는
역마살 긴 빈 가슴이고 싶다.

환희

이른 아침 공원에서
와락 안겨 오는 그를 만났다.
포근한 정감이 온몸에 전율처럼 스며든다.
숨 막힐 것 같은 충격에도
아무 말 없이 그냥 바라보기만 했다.

비 개인 날 아침의 느티나무 숲,
자욱하게 쏟아진 검붉은 낙엽더미.
붉은 영혼들이 그렇게 따뜻할 줄이야.
설음보다 환희 같은
사랑하는 이처럼 조용히 미소 짓고 있었다,
살아 다시 태어날 환한 모습으로.

봄의 유희

햇살이 명자나무 가지 끝을 핥고 있다.
진물이 흘러 발갛게 충혈된 꽃눈
꽃샘바람에 움츠려들어
아직 꽃물 배일 때가 아닌데도
참새들 나무 밑의 샅을 긁고 있다.
봄날은 바람에 들떠 흔들리고 있는데
싸늘한 날씨로 솟아난
야외사진 찍는 신부들의 닭살을
힐끗 훔쳐보는 욕망의 눈길.
춘삼월 흐드러지게 꽃물 흘러내리면
얼마나 많은 날 신열에 시달릴까.
게슴츠레한 내 눈빛에
청설모 한 마리 파르르 경련을 일으킨다.

눈 오는 날

빠져들고 싶다,
아름다운 풍경 속에.
송이송이 흩어지는 눈 발,
나의 젊은 날들이 속절없이 지나간다.
전철 입구마다 밀려드는 인파 속에서
허튼 눈길이
어느 물기 축축한 여인에게 머문다.
따뜻한 정감이 스쳐간다.
화장실에서 조용히 내 얼굴을 살펴보았다.
노을이 능청을 떨며
고양이처럼 하얗게 웃고 있다.

모과

향기로운 온몸에
누군가가 손가락으로 쿡쿡 찔러본 자국들,
그 위에 한 줄기 가을빛이 노랗게 스쳐간다.
모과는 못생길수록 더 잘 생긴 것이라는
역설 같은 말 한 마디를
한번쯤 나의 삶에 투영해 본다.
지지리도 못난 자국들 향기로울 수 없는데도
노란 살빛을 내 모습으로 생각하려는
역설 같은 착각.
우~우~ 낙엽 한 무더기 함성을 지른다.

파꽃

너를 봤다,
봄빛에 하얀 머리이고 바람에 흔들리는 너를.
별이 되려다가 추락한 영혼인가,
까칠한 살갗 고개 세운 머리에서
질긴 너의 혼을 본다.
햇볕은 무던히 쏟아져 네 가슴을 파고들지만
아슴한 고개 넘지 못하고
하얀 분을 뿜으며
까만 씨알 한 움큼 터뜨릴 그날의 기다림.
척박한 묵정밭에서 흔들리는 널 보면
언덕 위에 흐르는 흰 구름 한 점.
내가 아프다.

4

풀잎 사이 흐르는 바람은
너의 붉은 깃털만 펄럭일 뿐
불면의 긴 밤 서성대는 기다림을 모르거니
그립구나,
투명한 하늘 네 가벼운 빈 몸,
저 비상의 날갯짓.

그리움

모든 것을 비워 내고 싶다,
빈 대궁으로 꽃피우기 위해.

봄빛 아래
까만 씨앗으로 태어나는 날,
나의 소망은
그대 눈빛 만나 내 안의 다른 모습으로
꽃피우고 싶지만
봄날의 긴 기다림으로
영혼 하얗게 부서져 내리기만 한다.

어느 봄날
바스러진 내 영혼,
깃털 같은 홀씨로 그대 가슴에 내려앉으면
그대여, 가슴 포근히 한 번만 안아 주렴.

아버지의 헛기침

낮은 곳으로 살다가
홀씨 필 때면 물쑥 키 커 올라
영혼처럼 하얗게 흔들린다.
바람 한 아름 안고 햇살 한 아름 안아
멀리 날아가 잘 살아라
핏빛 기원을 읊다가
홀씨 날아가버린 어느 날,
봄비 속 홀연히 스러지고 마는
누런 민들레꽃 빈 대궁.

찌든 살림 어깨 넘어 겹쳐오면
헛기침 속
홀로 가슴 쓸어내리며
먼 발치 속울음 삼키시던 아버지,
서늘한 눈빛이 축축한 대궁 아래
찡한 설움으로 머문다.

산수유나무 아래서

하얀 무서리 속에서도
붉은 정열로
산빛 물들이고 있다.
노란 벌레 꼬물거리던 꽃눈
벌레 같은 설움이더니
단풍 빛 바랜 허기진 세월에
주절이 붉은 꿈 태운다.
청둥오리 날개짓 박차 오르는데
포도 위 홀로 떨어진 열매
흥건히 고인 붉은 눈물 보면
가슴이 아리다.
꼬물거리던 노란 눈빛 같은
척박한 내 그리움도…….

그리움의 날개

믿어다오, 날.
난 널 해치지 않을거야.
연둣빛 풀 위에 내리는 햇살을 쪼며
사락사락 옆걸음을 걷는 산꿩아,
넌 모를거야.
싸락눈처럼 쏟아지는 꽃잎의 어지러움으로
적셔지는 이 서러움을,
조팝나무 노래 속
구비치는 각혈 같은 이 그리움을.
풀잎 사이 흐르는 바람은
너의 붉은 깃털만 펄럭일 뿐
불면의 긴 밤 서성대는 기다림을 모르거니
그립구나,
투명한 하늘 네 가벼운 빈 몸,
저 비상의 날갯짓.

세월은 더디지만

바람 부는 척박한 땅
발갛게 타들어간 떡잎에
그리움을 걸어 놓고 있습니다.
물푸레의 상처로
하얗게 뼈를 드러낸 뿌리는
잔잔하게 떨면서도
노을빛 상사화의 흔적과
들려오는 가느다란 숨결에
소망을 열어 봅니다.
소금처럼 아파온 지난 세월
외다리 내 그리움은
농게의 집게발이 되어
발갛게 물들어 있습니다.
부르시는 나지막한 그 목소리
그렇게도 반가울 수 있는지요.
달빛 차올라 푸른 강물에
그리움의 닻을 내려놓으시면
한 줄기 햇살이 되어
복수초의 살얼음 위에 머뭅렵니다.
깊은 외로움 속 세월은 더디지만
부디 더디지 마소서.

겨울나무

싸한 바람이 불면
가지들이 현을 켜고 비음소리를 낸다.
심장의 융모를 일으키는 비음은
떠나보낸 잎새들이 안타까워 토해내는
영혼의 울음이다.
얼마만큼의 설움을 더 쏟아야
그 울음 그칠 수 있을런지,
처연한 모습에서
한 줌 온기도 지니지 못한 날 본다.
둥 둥 둥 멀리서 북소리 들려오면
밀물 썰물에 긁히며 살아가야 할 날들,
하얀 눈이라도 내리는 날이면
활짝 핀 눈꽃 되어
그대 포근한 가슴에 묻히고 싶다.

길손

여울진 길목에
마음 한 자락 정박해 놓고
녹슨 세월을 낚고 있다.
허물 많은 노을빛이
아직 빛을 잃지 않는 것은
훤히 트인 바닷길이
바람을 다스리고 있기 때문이거늘
칼날 같은 욕망으로 저미고 있는
아픈 세월
언제 풀어놓을 수 있을까.
바람은 바람으로 쉬 커나가
곧은 하늘길 열어 놓는데
타박타박 산길 오르는 사람아,
쪽빛처럼 푸르고 깊은 사랑
한 가슴 가득 채워
하늘바라기로 살아가면 어떨까.

산길 오르면서

산새 지저귀는 계곡길
호젓이 걷다가 문득 멈춰서면
융모가 일어서듯
찌르르 떠오르는 내 그리움.
얼굴에 흩뿌리는 봄비 맞으며
동동주 한 잔 곁들이면
몸도 영혼도 흥건히 젖기만 한다.
구절양장 구비치는 삶의 고비 속
찾을 수 없는 나의 술래.
기다린다는 것은 잊는다는 것일까,
비워간다는 것은 채워지는 것일까,
알 수 없는 선문답을 읊으며
산빛만 주섬주섬 주워 담는다.

가을은 붉은 울음이다

가을산 앞에 서면
우린 언제나 붉은 울음이다.
활활 타오르며 솟구치는 불길.
잎새마다 할퀴고 간 핏자국이 선명하고
소낙비 쏟아졌던 계곡엔
소금처럼 아팠던 시신들이 소복하다.
잊혀졌던 영상들이 보고 싶어
불길 헤쳐 보면
잿빛 바위 되어 바람 앞에 서 있다.
가을 산길에 서면
그리움도 흩날리는 메아리 되어
빈 가지 바람으로 맴돈다.
저기 님 떠나보내고 바들바들 떨고 있는
갈색 중년의 여인 상수리를 보아라.
가을 산 앞에 서면
우린 모두 붉은 울음이다.

기다림

지쳐 검붉어진 가슴,
희망도 절망도 아닌 네 속에
깊숙이 침잠하고 싶다.
산다는 것 가시 같은 세월이라지만
네 질긴 사슬에 매여 여위어 가는
파리한 날들,
어디까지 가야 할지
핼쑥해진 널 보면
차라리 너를 보는 눈물 지우고
푸른 하늘 넘어 훨훨 놓아주고 싶다.
기다림에 지친, 긴 연의 고리.
머지 않아 끊기고 말,
그렁하던 눈물 그치면
네 모습 붉은 노을로 다가올까.

눈

자분자분 내리는 눈발
이렇게 만날 줄 알았다.
잿빛 하늘 서러움에 젖어
널 기다리다가
네 몸 입술에 닿으면
일몰의 시간
검푸른 가슴에도
붉은 홍조를 띤다.
밤마다 그리움에 뒤척이던
무언의 세월 속에
수 없는 사랑을 말했던,
수 없는 회한을 읊었던,
달디 단 너의 유혹.
널 만나면
심장의 비늘 일어나고,
돌아가는 피가 뜨겁다.

아직도 내 그리움은

처음부터 혼자 걸었다.
멧새들 후드득 날아드는 계곡길
더는 갈 수 없지만
물러 설 수도 없다.
봄빛에 선 나무들
눈 속에서도 물푸레질 하는데
양지바른 쪽 있을만한 꽃자리는
어디에도 보이질 않는다.
가녀린 초생달이
연어의 연한 살을 저미고 지나간다.
그리움은 안개 속 설움이고,
설움 밟고 오는 아픔이다, 아직도
내 그리움은.

수변에서 만난 친구

파란 이끼 낀 수변에
청둥오리 네댓 마리 몸을 풀고 있다.
저것들, 그리움이 무엇인지 알기나 할까.
저것들, 사랑이 무엇인지 알기나 할까.
휙 던져보는 돌멩이 하나,
뒤뚱거리며 도망가는 걸음마다
한 웅큼씩 사색의 알갱이가 뚝뚝 떨어진다.
날 응시하는 까만 눈망울이 말한다.
오! 그대 인간의 오만이여.

깨끗이 씻어주소서

세탁기에 눈금만큼의 물을 채우고
몇 스푼의 세제가 넣어지면
돌아가는 세상.
찌든 영혼이 아프다.
가끔은 땟물 흐르는 추억에서
해맑은 하늘빛도 보이고
화려한 절경도 보이지만
비비면서 긁힌 상처 아프기만 하다.
살아오면서 회색으로 물든 목숨
씻어가면서 살아야 한다지만
냉냉한 가슴으로 제 빛깔이나 찾아낼까.
섬섬옥수 고운 손길 강물 같은 그대,
깨끗이 씻어주소서.

봄으로 가는 길

마른 나뭇가지 사이에
헐떡이는 겨울의 숨결이 걸려 있다
모반의 시작인가.
주리를 틀고 틀어도
돌이킬 수 없는 바람의 촉감.
움직임이 부산한 까치의 눈빛이 맑다.
양지바른 쪽 목련의 봉긋한 가슴
현을 켜고 있는 은빛 날개에 눈길 머물면
온몸이 스멀거린다.
알 수 없네.
청 매실 같은 이 그리움, 그리움.

삶의 근원은 아득히 저기 있음에
오늘도 묵묵히 침묵하는
가슴은 삶의 근원을 모른다.
바람이 불어도 향내를 품지 못하고
그냥 흔들리기만 하는 사람아,
꽃잎은 바람을 아는데…….

가을빛 바라보는 것만으로는

시골 밭 둑길을 걷다가
허리 반쪽 꺾인 옥수수 대궁과
누런 콩잎의 점점이 박힌 반점에서
내 모습을 떠올린다.
억새 한 줄기 뽑아 흔들며
억새야 넌 허연 세월을 아느냐 물어 보고,
빈 콩깍지 속 비릿한 쭉정이 콩 하나
잘근잘근 씹으며
어디서 와서 어디로 가는지 물어 본다.
죄 없는 들꽃도 하나 꺾어 던져
오늘의 사랑점 한 번 점쳐보며
가을 하늘 원없이 바라보지만
바라보는 것만으로는 채워지지 않는
찾을 수 없는 희뿌연 세월.
그러면서도 잔잔한 흥분 속
두근거리는 가슴 그 사연은 누가 알까.
짓푸른 물빛만 봐도 그리움에
눈물 그렁하던 세월은 가고…….

바람난 동상

공원 양지쪽에 세워진 키 큰 동상
아직 가슴엔 붉은 피가 돈다.
태어날 때부터 바라보는 먼 산,
산 중턱 움푹 패인 음영에 마음 두고
언제나 먼 산을 바라보고 있다.
비바람이 불어도
비둘기 떼 등짝을 긁어도
끊임없이 바라보는 골짜기,
발 아랜 출입금지 팻말이 있어도
쇠사슬 금줄이 쳐 있어도
먼 산만 하염없이 바라보고 있다.
그대여!
원죄가 아무리 깊지만
한번쯤 푸른 하늘에 눈길 돌려 보게나.

자화상

깃털 허옇게 부석거리는 몸
먹이 찾아
나르는 것도 잊어 버렸다.
맑은 날
푸른 창공을 나르는
비상의 꿈도 접어둔 채
둥지에 젖은 내 모습
날아가는 새는 그림자도 없다는데
드리워진 그림자 아래
이승의 꿈 곱씹으며
하루의 배설에 눈알 굴리는
깃털 듬성한 모습.
아무도 없이 홀로 알 하나 낳고 싶다.
무정란.

꽃잎은 바람을 아는데

꽃잎은 바람을 안다.
향기 뿜어내는 근원을 알고 있지만
삶의 근원을 모르는 가슴은
피리를 불어도 춤추지 않는다.
사람의 게놈을 완성하였다는 다음 날
사스가 맹위를 떨쳐도
사스의 원인을 밝히지 못하고,
전쟁은 끝났어도
아직 평화는 찾아오지 않았다.
삶의 근원은 아득히 저기 있음에
오늘도 묵묵히 침묵하는
가슴은 삶의 근원을 모른다.
바람이 불어도 향내를 품지 못하고
그냥 흔들리기만 하는 사람아,
꽃잎은 바람을 아는데……

꽃잎은 바람을 아는데

커피 한 잔 마시고 싶다

아침 커피 한 잔의 여유,
은은하게 스며오는 너의 향기,
잔 속 가라앉은 어제를 읊다가
내일을 열어 본다.
그러다가 문득
바닥이 보이는 커피 잔에서
목마름을 느낀다.
여유 속에 갈망 같은 삶,
갈망 속에 여유 있어 보이지만
언제나 느끼는 갈증.
삶의 언덕에서
진정 향내나는
한 잔의 커피를 마시고 싶다,
씁쓸하면서도 진한 커피 한 잔.

흔적

손톱 밑 썰던 시간들이
공원엔 지천으로 널브러져 있다.
서성거리는 나무들 사이
눈길 멈추는 칠엽수 넓은 잎사귀에
세월을 갉아먹는 벌레 한 마리 기어간다.
자국마다 묻어나는 얼룩진 진액
직선과 곡선을 번갈아 가면서 문신을 새긴다.
햇살은 따사롭고 주변은 더없이 적막한데
끝없이 문신을 새기고 있는 세월,
갉아 먹히고 있는 내 잎사귀 흔적마다
핏빛이다.

깍지 콩

터질 것 같은 팽팽한 긴장 속에
빨간 눈알을 굴리고 있다.
언제쯤이면 그 날이 올까.
속으로 두려워 떨리는 마음
가을빛이 짙게 물들면 올까.
기다리자.
겨울이 도적같이 오면 어떻게 하지.
눈이라도 펑펑 내리면 어떻게 하지.
바싹바싹 타 들어간다.
자폐아가 되어 겨울을 지내야 할까.
아무 준비도 없이
초조하다,
툭 터져 바스러질 그 날.

어느 날의 일기

서울의 지하철
표 한 장이면 긴 지하철을 끌고 어디든지 갈 수 있다.
어젠 지하철을 타고 독립문 근처 모임엘 갔었다.
남해 산 향긋한 겨울 굴맛이 맛깔스러웠고,
노릿 노릿 구워낸 서대 구이가 입맛을 돋구었다.
하지만 허망하게 살다 간 어느 여류의 얘기는
구렁이처럼 치렁치렁 날 동여매고 말았다.
치졸한 사내들의 정복담에 구역질이 올라와
그 사내의 콧구멍을 빤히 뚫어다 봤다.
가슴을 뒤흔든 바람은 기어이 날 포장마차로 끌고 갔고,
늦은 밤 빈 가슴으로 돌아오는 길
애꿎은 하루해가 불쌍했다.
하릴없이 늦은 밤 헤매는 영혼들
몸부림쳐온 그 여인의 가냘픈 혼이
소맷자락 바람으로 자꾸만 스며들어 몹시 추웠다.

커피 자판기

푸른 수해가 넘실거리는 공원에
난데없이 적색지대의 여인처럼
환하게 화장을 하고
손님을 기다리는 너를 본다.
빨간 눈을 부릅뜨고 밤새 기다리다가
동전 몇 닢에 쉽게 옷을 벗으며
배꼽을 누르면 '찌르르 칙'
겨우 몇 방울 배설히는 널 보면
내가 목마르다.
갈급한 이 세상,
강물 같은 넉넉함이 그리운 세월에.

가을비

오늘은 분리 수거하는 날.
종이류 빈병류 패트병 금속류
따로 따로 묶어서 버려야 한다.
신문지는 모서리를 맞추어 잘 묶어야 한다.
버리고 버려지는 절차가 까다롭다.

가을비가 찌를 듯이 차다.
묶지 않으면 금새 흐트러질 세월.
아들을 먼저 보내는 노파가 혼자 중얼거린다.
지지리도 못난 놈,
세상을 단단히 묶지 않고 왜 그렇게 살았어.
혼자 지키는 빈소에 퀭한 바람이 분다.

이빨齒牙론

닳아 반질반질한 이빨
듬성듬성 비어가는 치열 사이로
바람소리가 난다.
자세히 보면 많이도 비뚤어진
내 걸어 온 길이 보인다.
양식이 되지 못할
그 많은 먹거리를 잘근잘근 씹으며
넉넉하지도 않는 생명을 지탱하느라
덜컥거려 온 세월의 마디가 보인다.
비뚤어진 잇몸사이
금괴 같은 수호신이 나올까 살펴봐도
자글거리는 소음만 자욱할 뿐
덧칠한 삶의 부스러기들이 삭아
끝없이 톡톡
통점의 끝머리를 쑤신다.

작은 민들레

돌밭 사이에 핀 작은 민들레꽃 하나
네 속에 생명이 있다.
우주가 있다.
언덕배기 붉은 흙탕물 뒤집어쓰고 내려오다가
비바람에 멈추었다.
신문지 몇 장으로 긴 겨울을 견디어 온
질긴 쓰라림 속에서도
느티나무 가지 사이 한 움큼 햇살 받아
기어이 꽃 피운 네 영혼.

네 능력이라고 뽐내지 마라.
누구의 탓이라고 미루지 마라.
밀치고 당기는 부릅뜬 오만이 싫다.
산새 한 마리 네 이마에 배설을 하고 달아나도
내 탓이라고 말해 봐라.

네 눈빛에서 반짝이는 위대한 우주.
스스로 아끼고 베푸는 위대한 사랑 한 점.
거기서 들려오는 저 소리,
"네가 진정 사랑받기 원하느냐?"

홍단풍

철쭉나무 덤불 사이에
작은 홍단풍 한 그루 곱게 자라고 있다.
씨앗으로 날아와 움터 내린 어린 싹,
그늘 아래 여린 손가락이 사랑스럽다.
사랑은 언제나 이렇게 우연히 이루어지는 것이라지만
척박한 그늘 밑 촉촉한 붉은 눈빛이 애처롭다.
그래 씩씩하고 곱게 자라라.
사랑은 아름다운 것이라지만
아픈 것이기도 하니까.

외로운 사람들

고요한 밤중에
어둠의 잔잔한 파도가 일면
손가락은 나도 모르게 아이디를 치며
상상의 바다로 날아간다.
표정은 흔적없이 감추고
익숙하고 편안한 상대를 찾아서
가벼운 웃음을 흘리며 헤매며 다닌다.
한 밤중 같은 욕망을 달고 망망대해
헤매는 수많은 떠돌이를 보면
외로운 네 모습이 보인다.
서로 만나는 골목에 이르면
외로움은 저마다 연인을 만들어
까르르 웃다가
그리움을 읊다가
초롱초롱하다가
별똥별의 불빛처럼 홀연히 사라진다.
사람의 훈기조차 없는
구만리 하늘에 떠돌이 같은 네 모습,
오늘밤도 편안한 안식을 찾아
한 잎 사랑을 구걸하는

너의 마른 영혼을 본다.
나를 본다.

느리게 아주 느리게

외국 여행 중 한 목로주점에서
왁자지껄한 취중기분에 휩싸여
아리랑을 불렀다.
느릿한 곡조로 보아 슬픈 조가인 줄 알고
거기 외국 젊은이들 갑자기 일어서더니
가슴에 손을 얹고 조의를 표한다.
우린 민요를 부르는데
그들은 슬픔을 애도했었다.

내가 즐거움을 생각할 때
슬픔을 생각하는 사람들이 있다.
난 오늘도 다른 사람이 모르는
노래를 신나게 부르고 있는 것일까.
그것도 혼자서 눈치 보지 않고
느리게 아주 느리게
아다지오(Adagio)로.

남해 바닷가에서

찢어질 듯 푸른 쪽빛 바다,
멀리 통통배가 기어가듯 가고 있다.
넓은 시야에 들어오는 크고 작은 섬들,
바다도 섬도 푸르다.
쪽빛 바다 물을 온통 다 마시고도
물길 돌아 나오는 갯바위에서
짜릿한 손맛을 보고 싶다.
또한 작은 섬엔 누군가가 사는지 궁금하다.
무수리 같은 처녀가 홀로 섬을 지킨다면
칠흑 같은 밤 살며시 배 타고 숨어 들어가
고독의 성을 쌓고 함께 살자면 어떨까.
먼 별들의 세계에서 보면
바다도 삶도 씨알처럼 작은 존재들인데
바다도 삼키고 사랑도 삼키려는
이 무한의 욕망은 어쩌면 좋을까.

철썩철썩 파도 소리가 무상을 읊는다.

붉은 바다

듬성듬성 검은 숲 사이로
발갛게 물든 남해바다 노을을 본다.
겹겹이 둘러 처진 붉은 바다,
물길 따라 파도 따라
석류꽃이 송이송이 박혔다.
깃털 같은 구름 속 봉황이 머문 하늘.
지친 발걸음으로 잃은 넋을 찾아
바닷길을 터덕거리는데
아슴하게 안겨오는 어촌 풍경.
늙은 어부 끌어 올리는 그물 끝으로
바다 한 자락이 길게 달려오지만
거기에도 갯내는 간데없고
붉은 꽃물만 만선으로 흥건하다.

불투명한 존재 가치에 대한 해법 찾기

金 松 培
시인 · 한국문인협회 사무처장

1. 존재 회의의 시적인 의미

일찍이 하이데거는 '본시 있던 나에게로 되돌아 간 나'
를 실존철학에서 존재의 의미를 부여하고 있다. 그렇다면
'본시 있던 나'의 정체나 위상은 어떤 것일까. 하이데거
는 '평균적 일상성 속에 은폐되어 있는 나'가 아니고 일
상생활에 감추어지기 전의 진정한 '나'를 말하고 있다.

우리 인간들은 아직도 진정한 자기를 깨닫지 못한 채
공동체의 일원으로서 너도나도 그도 모두 비슷한 평균적
인 일상 사람으로 살아가고 있다. 이러한 일상인(하이데
거는 '세상 사람들'이라 부른다)들은 그저 오욕(五慾-財
慾, 色慾, 食慾, 名慾, 睡慾)에 탐닉하면서 살다가 죽음을
맞는, 존재의 가치를 인식하지 못하는 헛된 삶만이 있는

것이다.

이의웅 시인이 상재하는 세 번째 시집 『나무는 언어로 말하지 않는다』를 일별하면서 문득, 하이데거의 실존철학 한 부분을 상기하게 되는 것은 우리 인간들이 살아가면서 무엇을 추구하고 있을까. 따라서 시인들이 갈구하는 진실은 무엇일까하는 다소 철학적 의미를 가미한 의문을 먼저 제기하게 된다.

이의웅 시인은 이미 『오동나무 한 그루』와 『눈빛 마주치면 붉게 물들까』라는 두 권의 시집을 통해서 그의 시정신과 시세계를 독자들이 이미 친숙해 있다는 사실이 보여주는 것처럼 이 시집에서도 그의 명민한 사물 인식과 근원적인 인간의 문제들을 추구하는 존재에 대한 많은 관심을 표출하고 있다.

대체로 이 시집에서 포괄하는 주제의 설정은 먼저 존재에 대한 회의라고 할 수 있다. 하이데거의 실존에서 보는 바와 같이 인간의 본질은 가까이 보면 관심이며, 멀리 보면 시간이라고 할 수 있다. 이러한 철학적 중요 요소를 이의웅 시인은 작품의 구도를 통해서 해법을 찾으려는 노력을 이해하게 된다.

이와 같은 시적 정황에서 파생되는 구조적인 화자의 어조는 '의문형'의 언술로 나타나고 있으며 이 의문은 바로 존재의 근원을 풀어나가려는 그의 인생관이며 가치관이라고 할 수 있으며 불투명하거나 불확실한 현실에 대해 내던지는 시인의 강렬한 메시지일 수도 있다.

다시 그는 자아에 대한 의미를 추적함으로써 광대한 존

재의 구명보다는 그 범주를 축소하여 자아의 인식을 여과하고 성찰의 숭엄한 과정을 거친다. '시인의 말'에서 '부끄러운 내 모습인 것 같다'거나 '돌이켜 성찰하는 마음으로 서둘러 세 번째의 시집으로 엮었다'는 그의 언술처럼 인식된 자아에는 또다른 고뇌와 갈등이 동반하게 된다. 그것은 바로 기원의 의지로 나타나고 있는데 이 기원은 단순한 일상적 관념이 아니라, 이의웅 시인이 지향하고자 하는 존재 가치를 여망하는 간절한 기원으로 분사하고 있다.

또한 이 간절함의 원천은 형이상시(形而上詩)의 근본이 되는 영혼과의 명징한 교감으로 접목되어 우리 현대시의 축이 되는 주제의식이 발현되고 있는 것이다. 결국 다음과 같은 등식이 성립되어 이의웅 시세계의 다양한 구도를 이해하게 된다.

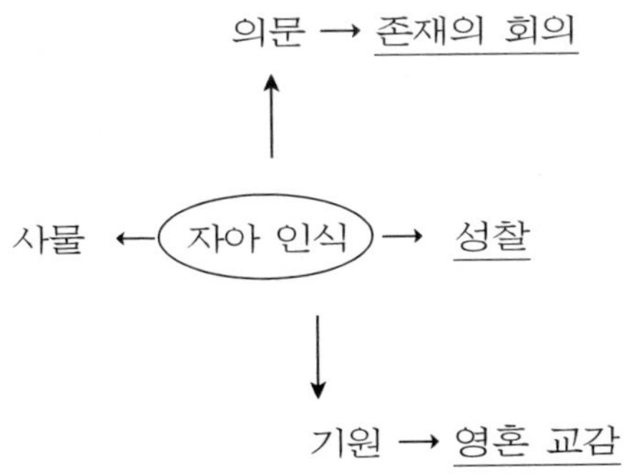

2. 풀리지 않는 불투명성

'위대한 인간은 필연적으로 회의자(懷疑者)다. 모든 종
류의 확신에 포착되지 않는 자유스러움이, 그의 의지의
강함 속에 있다.'는 니체의 명언처럼 이의웅 시인은 많은
작품에서 의문을 제기하면서 문제를 해결하려는 특성이
있다.

다음 「들판의 마른 꽃」 전문을 읽어 보자.

어느 누구 눈길 하나 주지 않아도
고고히 바람 앞에 선 널 보면
굴레로부터의 자유로움을 느낀다
까마귀 얼어 죽을 추운 아침나절에도
하얀 성에에 묻혀 반짝이는 네 모습
죽음의 강을 훌쩍 넘은 종교처럼 도도하다
살아온 날보다 살아갈 날에 매달린
가난한 영혼들
수많은 비명소리를 듣고서야
너의 존재를 익히기 시작할까
모든 것을 비워낸 깍지 속에 흐르는 생명
비워낸 만큼 맑아지는 하늘
잠잠히 흐르는 싸늘한 평화
네 묵언 속에 찌르르 가슴이 패어진다.

그렇다. '너의 존재를 익히기 시작할까' 라는 화자의 의

문형 어조(語調)가 보편적 정서를 초월하고 있다. 어쩌면 '마른 꽃'의 절규를 듣고 있는 듯하다. '마른 꽃'이 던져주는 이미지는 바로 '생명'과 '죽음'이 공존하는 '존재'이다.

이의웅 시인은 이러한 이미지의 형상화에 익숙해져 있다. 현대시는 사물과 관념의 상호 보완성을 중시한다. 그가 직조한 언어에서도 '자유로움'과 '죽음', '종교', '영혼', '비명', '존재', '생명', '평화', 그리고 '묵언' 등 다채롭게 구성하고 있다. 결국 이런 작품의 주제를 이해하기 위해서는 앞에서 말한 하이데거의 실존철학에서 '평균적 일상 속의 나'를 일탈함으로써 가능해질 것이다.

그러나 이런 의문의 진원지는 시인의 정서가 진정한 진실에 도달하기까지의 고뇌와 갈등이 동반하게 된다. 이의웅 시인도 예외일 수 없다. 그가 응시하는 사물의 이미지가 모두 인간과 직결되고 상호 보완의 관계를 벗어날 수 없다. 그것이 이의웅 시학의 원류이며 정서의 근본이다.

이의웅 시인은 어떠한 사물을 대하더라도 휴머니즘적인 시적 승화로 주제의식을 투영하고 있다.

지하철에서
취한 채 잠들어 있는 여인
덕지덕지 붙어있는 때자국
윗도리는 두툼한데 슬리퍼를 신은 모습
범상치 않다
누가 이 여인을 길가로 몰아냈을까

별이 되려다 추락한 것일까
-「여인」 앞부분

바람에 밀리고 눈발에 갇힌 봄
날이 밝으면 할딱거리는 여윈 숨결로
단청 고운 정자 아래로 나와
이미 화석이 된 그리움 하나 만지작거리겠지만
더 이상 내 가슴을 따뜻하게 해 줄지 모르겠네
-「비루먹은 봄」 중에서

풍요로운 꿈이 누런 황토색으로
바꿔져 버린 산하
정녕 가을은 오는 것일까
-「가을 예감」 끝부분

이의웅 시인의 대사물관에서는 언제나 의문이 상존한다. 이러한 의문은 해답이나 해법을 전제로 하기 때문에 어떤 문제를 풀어나가기 위한 절차임에 틀림없다. 그것이 우리 인간의 문제이든 자연의 문제이든 이의웅 시인에게서는 미지의 신비성을 탐닉하고 있다.

현실 사회의 불확실성이나 불투명한 예측불허의 상황들이 비일비재한 작금의 세태나 정신적 공황들이 시인의 예리한 감성을 그냥 두지 않았으리라. 그러나 작품의 구도로 보아 '…을까' 라는 의문형 종결어미를 자주 사용함으로써 문제 제기만 있고 해법이 없는 독백적 언술을 우리는 경계할 필요가 있다.

왜냐하면, 기승전결 구도의 문장법에서(시는 예외라고 하지만) 상황 설정과 결론의 제시가 분명할 때 우리는 좋은 문장이며 나아가서는 좋은 시의 구도일 수도 있을 것이기 때문이다.

3. 자아 인식과 성찰의 자화상

이의웅 시인은 이처럼 많은 회의와 의문을 여과하여 비로소 자아를 인식하게 되는 과정을 거친다. 그것이 삶의 궤적을 통해서 스스로 터득한 진실이거나 어떤 상황 인식의 전환에서거나 이제 이 세상 만유의 사물과 인간에 대한 존재의 의문을 정화하고 자아에 대한 집착을 갖게 된다.

어떤 사람이 말했듯이 인생에 있어서 제일의 큰일은 자기를 발견하는 일이다. 그렇기에 우리는 고독해야 하고 갈등해야 하는 사색이 필요하다. 더구나 시인의 사유에는 이러한 회의나 고독을 극복하기 위해서 많은 시간과 공간을 활용하고 있는 것이다.

이의웅 시인이 단적으로 이러한 자아의 인식은 다음 작품 「단풍나무 아래서」 전문에서 적나라하게 표장되고 있다.

나무는
언어로 말하지 않고 빛으로 말한다

검푸른 빛에서 어제의 나를 봤고
선혈 같은 단풍빛에서 오늘을 본다
나무 아래서
해산을 기다리는 남편이 되어
두근거리는 가슴으로 서성이다가
기어이 울음소리를 듣고 말았다
붉은 핏빛이 무서워
토악질 하면서도 진종일 술을 마셨다

　이 시집의 표제 '나무는 언어로 말하지 않는다'의 축을 이룬 이 작품은 바로 '나를' 발견하는 일에서부터 출발한다. '어제의 나'와 '오늘'의 시간적 대비는 자아의 본질과 그 의미를 추적하는 중요한 단초가 되고 있다.
　그러나 이제 '무서워 / 토악질하면서도 진종일 술을 마'시는 형상은 인식된 자아가 형이상적이지 못하고 '평균적 일상 속'의 '나'일 뿐임을 안타까워하고 있는 것이다. 이것이 자아의 인식 단계에서 성찰로 수렴하는 지표가 된다.

함성으로 끊임없이 밀려오는 파도
함성은 언어가 되고
언어는 가느다란 속삭임으로
모래섬으로 다가간다
모래섬은
수없는 언어들을 가슴에 안았다가

조용한 침묵으로 내려 놓는다

모래섬에 오르며
깨어지고 부서지는 하얀 포말같은 삶
부질없이 지른 함성이 부끄럽다
　　　　　　-「파도를 보며」 전문

　문득, 몽테뉴의 말이 떠오른다. 세상에서 제일 중요한 것은 어떻게 하면 자기가 완전히 자기 자신의 주인으로 되느냐는 것이라고 했다. 이의웅 시인은 이 작품에서 '함성'과 '속삭임'과 '침묵'을 대칭관계로 시적 구도를 설정하는 절묘함을 보여주고 있다. '파도'라는 거대한 사물도 이와 같은 대칭구도를 지나면서 '부서지는 하얀 포말같은 삶'을 인식하게 되고 나아가서는 '부질없이 지른 함성이 부끄럽'기만 한 것이다.
　성찰에 대한 자의식의 발현이다. 시는 기쁨이든 슬픔이든 항상 그 자체 속에서 이상을 쫓는 신과 같은 성격을 가지고 있어서 시인의 인생관이나 가치관에서 크게 주제의식으로 변환되는 경우가 많다.
　이렇게 유추하건대, 이의웅 시인은 회의와 의문의 불투명성을 직접 명쾌한 해법을 구하기 위해서 자아를 먼저 인식하게 되고 인식된 자아를 성찰의 영역으로 확산하는 시적 진실을 구가하고 있는 것이다.
　시는 현실 이상의 현실, 운명 이상의 운명을 창조할 수 있는 것이고, 이 창조력은 언제나 현세적 속박의 반작용

의 힘에서 얻어지는 것이라는 이어령(통금시대의 문학)
의 언지대로 현실과 이상의 중간지점에서 고뇌와 번민의
결과물이 곧 시의 참된 위의(威儀)라고 한다면, 이의웅
시인이 묘사한 '파도'의 진가는 '포말 같은 삶'이며 '부
질없음'이며 '부끄러움'이라는 자성이 아니고 무엇일까.
 이러한 자화상이나 성찰의 정서가 짙게 배인 작품은
「진달래 계곡에서」, 「환희」, 「나무옹이 속에는」, 「모과」,
「눈오는 날」, 「파꽃」, 「가을은 붉은 울음이다」, 등등 헤아
릴 수 없이 많이 읽을 수 있게 되지만, 다음 「자화상」에
서 더욱 절실하게 구체성을 내포하고 있어서 주목하게
된다.

깃털 허옇게 부석거리는 몸
먹이 찾아
나르는 것도 잊어 버렸다
맑은 날
푸른 창공을 나르는
비상의 꿈도 접어둔 채
둥지에 젖은 내 모습
날아가는 새는 그림자도 없다는데
드리워진 그림자 아래
이승의 꿈 곱씹으며
하루의 배설에 눈알 굴리는
깃털 듬성한 모습
아무도 없이 홀로 알 하나 낳고 싶다

무정란

　이처럼 인식 단정에서 정리된 '자화상'이다. 그러나 아직도 성취하지 못한 '비상의 꿈'이 남아 있다. 이것이 바로 '낳고 싶다'는 어조의 기원이다. 그 '무정란'이 던지는 메시지가 무엇인지는 구체적으로 설명되지 않지만, 그에게는 기어코 실현되어야 할 원대한 또 하나의 이상이 있는 것은 분명하다.

　그래서 그는 '강물이 되고 싶어 이렇게 기다리고 있(「강물이 되고 싶어」 중에서)'으며 '나 홀로 젖내나는 울음으로 / 다시 한번 깨어나고 싶(「이 가을에는」 중에서)'은지도 모른다.

4. 형이상적 접맥을 위한 영혼 교감

　이의웅 시인은 고뇌의 일단을 기원으로 해체하고자 한다. '역마살 낀 빈 가슴이고 싶다.'거나 '날 흙 속에 묻히게 하소서', '조각달 너머 / 억새의 피리소리로 남은 님이여 / 그대 바람의 노래는 듣고 있는지', '깊숙이 침잠하고 싶다', '푸른 영혼이고 싶다' 등의 어조는 성찰을 통해서 획득된 진실이 무엇인가 아직도 미흡한 정신적 충족을 위해서 이상향을 찾아 나서려는 시적 욕구임에 틀림없다.

　어찌 보면 이의웅 시인의 관조(觀照)이거나 유유자적(悠悠自適)의 경지를 초월한 형이상적 고차원의 이상일 수도 있을 것이다. 지금까지 증폭된 기원의 결론처럼 적시된 작품이 '바다에 가면 바다가 되고 / 산에 가면 산이 되고 싶다가 / 물푸레나무 아래 초췌한 한 마리 뜸부기가 되어 / 봄빛에 젖는다'는 「숲으로 몸을 감추다」에서 요약되고 있다.

그렇다면 이의웅 시인이 갈구하는 기원의 이상향은 무엇일까. 다음 두 편의 작품에서 확인할 수 있게 된다.

모든 것을 비워내고 싶다
빈 대궁으로 꽃피우기 위해

봄빛 아래
까만 씨앗으로 태어나는 날
나의 소망은
그대눈빛 만나 내 안의 다른 모습으로
꽃피우고 싶지만
봄날의 긴 기다림으로
영혼 하얗게 부서져 내리기만 한다

어느 봄날
바스러진 내 영혼
깃털 같은 홀씨로 그대 가슴에 내려앉으면
그대여, 가슴 포근히 한 번만 안아 주렴
                    -「그리움」 전문

세탁기에 눈금만큼의 물을 채우고

몇 스푼의 세제가 넣어지면

돌아가는 세상

찌든 영혼이 아프다

가끔은 땟물 흐르는 추억에서

해맑은 하늘빛도 보이고

화려한 절경도 보이지만

비비면서 긁힌 상처 아프기만 하다

살아오면서 희색으로 물든 목숨

씻어가면서 살아야 한다지만

냉냉한 가슴으로 제 빛깔이나 찾아낼까

섬섬옥수 고운 손길 강물 같은 그대

깨끗이 씻어주소서

-「깨끗이 씻어주소서」 전문

바로 '영혼'이다. 시는 영혼의 음악이라는 말도 있지만, 시인이 궁극적으로 구현하려는 시정신이나 주제의식은 영혼과의 교감이라고 할 수 있다. 가스통 바슐라르는 시는 순간의 형이상학이라고 말한다. 짧은 하나의 시편 속에서 우주의 비전과 영혼의 비밀과 존재와 사물을 동시에 제공되어야 한다.

이러한 특징은 시인이 구현하려는 주제의 명징성도 문제이지만, 시인의 지적 자양분으로서의 차원이 더욱 중요해 진다. 이의 개념을 위해서는 우선 철학에서 말하는 형이상시는 바로 우주나 삶에 대하여 해석한 여러 관념을

123

시인의 정신과 상상으로 파악하고 그 인생관을 명료하게 정리하여 자신의 영혼과 인간의 운명을 간결하게 요약하는 것을 말한다.

이의웅 시인이 간구하는 '영혼'에의 집념은 '바스라'지거나 찌들어 있다. 이런 상황에서 벗어나 진정한 영혼과의 교감을 시도한 것도 세 권의 시집을 통해서 획득된 형이상적 인식이 넓게 포용하고 있음을 뜻한다.

결론적으로 형이상시는 상상력에 의해서 형이상적 인식을 구체적으로 표현한 시라고 단정할 수 있을 것이다. 무형적인 것을 말하기도 하고 시간과 공간 속에서 경험적 현상으로 존재하는 것이 아니라, 이성적 사유나 독특한 직관에 의해서만 인식될 수 있는 초자연적, 초월적인 것을 의미한다.

그러나 인간은 영혼과 육체 이 두 가지를 모두 자기의 것으로 알고 모순에 허덕인다. 더구나 시인들이 갈구하는 영혼은 진정한 인간의 본질과 동시성에서 출발하지 않으면 안된다. 이러한 노력이 시창작에서는 절실하게 이루어져야 한다.

이의웅 시인이 교감하려는 영혼도 육체적인 '그리움'의 승화이며 찌든 육신부터 '깨끗이 씻어주'는 일에서부터 형상화되고 있음을 이해할 수 있게 된다. 이러한 화자의 어조는 '빈집 근처에 헤매는 목마른 영혼'이거나 '혼불이 담긴 내 모습 언제 찾을까'라는 조심스런 어휘로 접맥을 시도하고 있어서 그가 이미 시의 순수성과 의미성을 인간의 존재와 무관하지 않는 차원의 시정신을 구가하고 있음을 알 수 있다.

그러나 그의 사유 속에는 자유롭게 투영할 수 없는 인간의 한계성 같은 것이 있어서 그는 지금도 고뇌와 갈등을 해소하려는 시적 창출의 의지가 남다르게 번득이고 있다. 바로 「허수아비」의 절규이다.

내 혼은 어디 두고
여기 내 빈 껍데기로 흔들리고 있을까
--중략--
아무도 없는 황량한 들판
겨울이 깊어갈수록 밤바람은 억세지는데
내 혼은, 내 혼은

이렇게 이의웅 시인이 지향하는 영혼과의 접맥은 아직도 요원한 것인가.

5. 시간과 공간의 조화, 해법 찾기

이제까지 일별한 이의웅 시인의 시세계를 마무리해야겠다. 대체적으로 살펴본 바에 따르면, 대사물관→자아 인식(혹은 발견)→존재의 회의(의문성)→자아 성찰→기원→영혼과의 교감 등의 순서로 필자가 분류해서 짚어 보았다.

그러나 여기에서 첨가하면 이의웅 시인은 시간과 공간 개념을 적절하게 활용하여 시창작에 임한다는 사실이다.

그것은 누구에게나 필연적이지만, 사실 시의 구성 요건이
시간성과 공간성의 조화가 없으면 스케치가 되거나 독백
의 범주를 벗어나기 어려워지는 점을 잘 알고 있다.
　다음 「흔적」에서

　　손톱 밑 썰던 시간들이
　　공원엔 지천으로 널브러져 있다
　　서성거리는 나무들 사이
　　눈길 멈추는 칠엽수 넓은 잎사귀에
　　세월을 갉아 먹는 벌레 한 마리 기어간다
　　자국마다 묻어나는 얼룩진 진액
　　직선과 곡선을 번갈아 가면서 문신을 새긴다
　　햇살은 따사롭고 주변은 더없이 적막한데
　　끝없이 문신을 새기고 있는 세월
　　갉아 먹히고 있는 내 잎사귀 흔적마다
　　핏빛이다

　라는 시적 정황인 '흔적'은 시간과 공간을 동반하지 않
으면 안된다. 이런 '흔적'을 통해서 상상력과 사유의 향
방은 더욱 진지해질 수밖에 없을 것이다. 이러한 외연(外
延)을 근원으로 창조된 작품이야말로 시인의 내면에 잠
재한 영원한 진실임은 재론의 여지가 없을 것이다.
　시인은 언제나 시적 실험을 지속한다. 사물이미지만을
고집하는가 하면 반대로 관념이미지만을 고집하는 시인
도 있다. 그러나 시인들의 취향이긴 하겠으나, '끝없이

문신을 새기고 있는 세월'처럼 고통과 갈증을 인내하지 않으면 안 될 것이다.

이의웅 시인이 구가하는 '살아온 날보다 접어야할 날이 가까운' 시간 위에서 '노을진 하늘에도 끊임없이 밀려오는 / 바람소리 파도소리'의 공간과의 조화는 어쩌면 시인의 영원한 진실의 해법을 찾아가는 예비된 바탕이기도 하다.

그것이 한낱 보잘 것 없는 속물들의 가벼운 언어일지라도 시인에게서는 영혼을 만나고 자신의 가치관이 더욱 승화될 수 있는 계기가 되지 않을까 싶기도 하다.

이의웅 세 번째 시집
나무는 언어로 말하지 않는다

2005년 4월 20일 초판인쇄
2005년 4월 23일 초판발행
지은이:이 의 웅
펴낸이:이 혜 숙
펴낸곳:도서출판 신세림
      100-015 서울특별시 중구 충무로5가 19-9 부성B/D 702호
등록일:1991. 12. 24
등록번호:제2-1298호
전화:02-2264-1972
팩스:02-2264-1973
E-mail:shinselim@chollian.net

정가 8,000원

ISBN 89-5800-034-1, 03810